Analyse de l'œuvre

Par Lucile Lhoste

La Nouvelle Héloïse

de Jean-Jacques Rousseau

lePetitLittéraire.fr

Analyse de l'œuvre

Par Lucile Lhoste

La Nouvelle Héloïse

de Jean-Jacques Rousseau

lePetitLittéraire.fr

Rendez-vous sur lepetitlitteraire.fr et découvrez :

Plus de 1200 analyses
Claires et synthétiques
Téléchargeables en 30 secondes
À imprimer chez soi

JEAN-JACQUES ROUSSEAU

ÉCRIVAIN ET PHILOSOPHE GENEVOIS

- **Né en 1712 à Genève (Suisse)**
- **Décédé en 1778 à Ermenonville**
- **Quelques-unes de ses œuvres** :
  - *Discours sur l'origine et les fondements de l'inégalité parmi les hommes* (1755), essai
  - *Émile ou De l'éducation* (1762), traité d'éducation
  - *Les Confessions* (1770), autobiographie

Jean-Jacques Rousseau est l'un des plus illustres penseurs du siècle des Lumières et l'un des pères spirituels de la Révolution française. Il nait en 1712 dans l'ancienne République de Genève. Orphelin de mère, il découvre la littérature dès l'enfance aux côtés de son père. Après la fuite de ce dernier, il entre en apprentissage comme graveur, mais quitte Genève en 1728. Il est alors envoyé chez la baronne de Warens, qui devient une figure maternelle et sa première maitresse. Il exerce plusieurs métiers et compose ses premières œuvres. Vers 1745, il rencontre Marie-Thérèse Le Vasseur, une jeune lingère avec laquelle il eut cinq enfants, tous placés à l'assistance publique.

Il rencontre les années suivantes ses contemporains, notamment Denis Diderot (homme de lettres français, 1713-1784). Il produit aussi de nombreux écrits ; il devient célèbre grâce à son *Discours sur les sciences et les arts*, où il développe ce qui deviendra le thème central de sa réflexion : l'homme nait naturellement bon et heureux, c'est la société qui le corrompt et le rend malheureux. Suivent des œuvres majeures sur le plan philosophique, telles que *Du contrat social* (1762) ou *Émile ou De l'éducation* (1762).

Mais dès la décennie 1750, il se fait des ennemis sur plusieurs plans. On lui reproche notamment l'abandon de ses enfants. Croyant à un complot, il part au Royaume-Uni pour en revenir après deux ans. Il continue à écrire, mais sa marginalité s'accroit et il ne lui est plus possible de publier. Il bénéficie de l'hospitalité d'un marquis à Ermenonville quand il meurt subitement en 1778, laissant des livres aujourd'hui plus que reconnus.

Ils sont rejoints dans les années 1780 par la publication de l'une de ses œuvres maitresses, *Les Confessions*.

LA NOUVELLE HÉLOÏSE

UNE PASSION AMOUREUSE INSPIRÉE DU MOYEN ÂGE

- **Genre** : roman épistolaire
- **Édition de référence** : *La Nouvelle Héloïse*, Paris, Le Livre de Poche, 2002, 896 p.
- **1re édition** : 1761
- **Thématiques** : passion amoureuse, relation interdite, authenticité, philosophie

Précepteur de deux cousines, Julie et Claire, Saint-Preux tombe amoureux de la première. Il entame avec elle une correspondance où il découvre que ses sentiments sont partagés. Leur liaison est cependant découverte, provoquant l'exil de Saint-Preux et le mariage de Julie avec un ami de son père, M. de Wolmar.

Plusieurs années plus tard, Wolmar engage Saint-Preux comme précepteur pour les enfants qu'il a eus avec Julie. Cette dernière prétend ne plus aimer son amant et avoir trouvé une forme de bonheur dans son mariage. Elle pousse Claire et Saint-Preux à se marier, ce qu'ils ne feront jamais. Julie meurt en tentant de sauver son fils de la noyade ; c'est Wolmar qui, lui envoyant une des lettres de sa femme, apprend à Saint-Preux qu'elle l'aimait toujours.

Œuvre inspirée des amours de Pierre Abélard (1079-1142) et Héloïse (1092-1164), *La Nouvelle Héloïse* connait des ventes exceptionnelles dès le XVIIIe siècle. Elle s'inscrit tant dans le roman sensible que dans les prémices du romantisme, laissant les lecteurs libres de s'identifier à des personnages déchirés entre passion amoureuse et valeurs morales.

RÉSUMÉ

Dans la première lettre d'une très longue série, Saint-Preux déclare son amour à son élève Julie d'Étange. Cette dernière commence par le repousser mais finit par lui avouer que ses sentiments sont réciproques. Commence alors une passion qui doit rester secrète, compte tenu de leur différence de statut. Avec la complicité de Claire, la cousine de Julie, ils parviennent néanmoins à s'échanger de nombreuses missives et même à se voir en secret. Le père de Julie découvre pourtant cette liaison et exige de sa fille qu'elle épouse l'un de ses amis, M. de Wolmar.

Saint-Preux doit quant à lui partir et défaire sa promesse d'union à Julie. Les deux jeunes gens ne s'oublient pas pour autant : Saint-Preux découvre le monde mais revient épisodiquement, avant de s'établir à Clarens pour éduquer les enfants de Wolmar et Julie. Il pense trouver une forme de bonheur simple là-bas, mais endure difficilement le fait d'être aux côtés de Julie sans pouvoir l'aimer. Le jeune homme finit par repartir en compagnie de Milord Edouard, devenu son ami pour l'avoir défendu contre le père de Julie, et n'apprendra la mort de son amante que par une lettre.

UNE PASSION DÉVORANTE

Saint-Preux écrit à son élève Julie une nouvelle qui le réjouit et le terrifie en même temps : il confesse être amoureux d'elle. En réponse à cet aveu, Julie commence par lui expliquer sa position de manière raisonnable mais doit vite se rendre à l'évidence : elle partage ses sentiments. Pour éviter de succomber, elle supplie sa cousine Claire de lui tenir compagnie tant que Saint-Preux est présent. Un premier baiser est échangé par jeu dans un bosquet. Après ce premier contact, constatant qu'elle ne peut se contenir, Julie demande à Saint-Preux de s'éloigner quelque temps. Le précepteur va d'abord dans le Valais puis au bord du lac Léman, d'où il espère avoir une vue sur l'endroit où habite la famille d'Étange. Mais il lui est impossible de rester loin de Julie plus longtemps : avec la complicité de Claire, les amants peuvent se retrouver et passer la nuit ensemble.

Julie en conçoit immédiatement des remords. Intervient alors Edouard Bomston, une connaissance qui leur rend visite. Julie l'estime beaucoup et cela semble réciproque, ce qui attise la jalousie de Saint-Preux qui défie son rival en duel. Bomston y renonce devant témoins et, plus encore, plaide la cause de Saint-Preux auprès du baron d'Étange. Ce dernier le prend très mal et sermonne violemment Julie, provoquant même une chute qui la blesse au visage, ainsi que la perte de l'enfant qu'elle avait conçu de Saint-Preux. Désolé mais borné, le baron confirme que sa fille épousera comme prévu son ami M. de Wolmar. Saint-Preux est quant à lui contraint de quitter Clarens en compagnie de Bomston, aidé par Claire et M. d'Orbe, un proche de la famille qui épouse Claire vers la même période.

ÉLOIGNEMENT ET RÉSIGNATION

En exil avec Bomston, Saint-Preux est au désespoir, même s'il essaie de donner l'apparence du contraire. Bomston voudrait les inviter à se marier en Angleterre, mais Julie préfère se conformer à la volonté parentale. Pour tenter d'oublier ses tourments, Saint-Preux se rend à Paris où il découvre la culture et le beau monde. Sa correspondance avec Julie continue : il lui dépeint tout ce qu'il voit pour qu'elle ait un aperçu des mœurs parisiennes. Son ressenti est négatif et Julie se moque de ce soudain jugement critique. Leur relation de confiance manque d'être mise à mal quand Saint-Preux s'enivre et trompe Julie sans le vouloir avec une prostituée. Julie lui pardonne, quoiqu'elle blâme cette preuve de débauche.

La baronne d'Étange découvre quant à elle les lettres que s'échangent sa fille et Saint-Preux. Elles confirment des soupçons qu'elle avait depuis longtemps déjà, elle qui avait d'ailleurs défendu Julie face à son père. Vers la même époque, sa santé se dégrade et elle décède subitement, laissant sa fille croire à tort qu'elle a provoqué ce trépas. Julie se sent tellement coupable qu'elle rompt totalement avec Saint-Preux et tombe malade. Saint-Preux, bien qu'étant revenu sur ses promesses d'amour, se rend aussitôt à son chevet et contracte la même maladie – la petite vérole – en embrassant sa main. Malgré ce retour de flammes, Julie décide d'épouser Wolmar et s'emploie à montrer à Saint-Preux que son mariage est certes de raison, mais harmonieux. Elle rompt ensuite tout contact. Pour éviter le suicide de son ami, Bomston lui suggère de partir : Saint-Preux fait alors un tour du monde de quatre ans.

UN BONHEUR JAMAIS VRAIMENT ATTEINT

À son retour, Wolmar est au courant de la liaison passée de sa femme et Saint-Preux. Assuré cependant que leur amour mutuel n'est plus que vertueux, il engage le précepteur à venir éduquer les deux enfants nés du mariage. Saint-Preux découvre un environnement familial simple mais où les apparences du bonheur semblent présentes.

Pourtant, Julie n'est pas heureuse : elle n'a pas connu la passion avec Wolmar, celui-ci l'ayant épousée pour lui éviter le déshonneur. Elle s'en confie à Saint-Preux. Ce dernier hésite toujours sur ses sentiments mais doit partir en Italie avec Bomston. Il rêve là-bas de Julie morte avec un voile, mais est rassuré lorsqu'il va brièvement à Clarens et constate que sa bienaimée est en vie. Julie, de son côté, est persuadée que Claire a des sentiments pour Saint-Preux et la pousse à lui en parler.

Julie insiste tant auprès de sa cousine que de son amant pour qu'ils admettent un amour réciproque et se marient. Ils refusent tous deux : la première parce qu'elle ressent moins que de l'amour, le deuxième parce qu'il ne peut oublier Julie.

La funeste prémonition de Saint-Preux se réalise finalement : Claire retrouve Julie morte et couverte d'un voile après que cette dernière a plongé dans le lac pour sauver son fils de la noyade. Dans les effets de sa défunte femme, Wolmar trouve une lettre dans laquelle Julie explique n'avoir jamais cessé d'aimer Saint-Preux. Claire confie qu'en ce qui la concerne, elle a eu de l'amour pour lui. Par respect pour la mémoire de Julie, elle refuse cependant d'accéder à son souhait et d'épouser Saint-Preux, mais l'exhorte tout de même à continuer l'éducation des enfants.

ÉTUDE DES PERSONNAGES

JULIE D'ÉTANGE

Fille du baron et de la baronne d'Étange, Julie avait également un frère qui est décédé. Elle a beaucoup d'amour et de respect pour ses parents et, sachant que tous leurs espoirs sont désormais fondés sur elle, aspire à ne pas les décevoir. Elle culpabilise donc énormément de ses sentiments pour Saint-Preux, qui vont à l'encontre de ce qui serait convenable, pensant même de la mort de sa mère qu'elle en est responsable. Comme son amant, elle voit naitre en elle des sentiments qu'elle ne pourra jamais maitriser, même après s'être mariée et être devenue mère. Elle aura au total deux enfants avec M. de Wolmar. Elle en a aussi vraisemblablement porté un de Saint-Preux, qu'elle a perdu lors de la chute consécutive à la querelle avec son père.

Un autre trait qui la caractérise est sa foi religieuse, qui va croissant au fur et à mesure de l'intrigue. Regrettant l'athéisme de Wolmar, elle est croyante depuis son mariage à l'église et ce sont les étapes franchies en ce sens qui l'éloignent de Saint-Preux, comme lorsqu'elle le rejette pour accepter le mari imposé par son père. Julie n'aura de cesse de tenter de trouver une forme de bonheur dans le mariage et la vie modérée qu'elle s'impose mais, à l'instar de ce qui est théorisé dans le roman, se fier à la raison ne la rend pas heureuse. C'est la passion qui la rend vivante, puis sa foi en la religion qui lui apporte un peu de sérénité vers la fin de sa vie.

Bien qu'elle s'en défende, son amour pour Saint-Preux est extrêmement vif, au point de la rendre malade. Elle ne s'en départira jamais vraiment, sans l'avouer de son vivant : c'est la lettre trouvée après sa mort qui le prouvera.

SAINT-PREUX

Saint-Preux est un précepteur entré au service du baron et de la baronne d'Étange pour éduquer leur fille Julie, ainsi que sa cousine Claire. Il tombe rapidement amoureux de Julie, mais cette relation est impossible sur plusieurs points : lui est roturier, plus âgé, et est son professeur. Une union entre eux ne saurait être acceptée par les d'Étange – la mère de Julie tente d'infléchir son époux surtout par égard pour les désirs de sa fille. Amoureux de Julie jusqu'au bout, il ne conçoit de mariage qu'avec elle et ne s'unit jamais volontairement avec une autre. Il ne trompe ainsi sa dulcinée avec une prostituée que par erreur, et refuse tout projet d'union avec Claire.

Saint-Preux semble être un personnage cultivé : en atteste l'attention qu'il porte aux lectures qu'il conseille à ses élèves, réservant par exemple les livres traitant de sentiments à Julie. Dans ses lettres, il débat longuement sur la priorité à donner entre ces derniers et la raison. Il éduque les enfants de Wolmar et Julie dans le même sens, faisant prévaloir ce qui vient de la nature sur la raison. Il lui est cependant impossible de contenir ce qu'il ressent : c'est lui qui fait le premier pas, et il ne cachera jamais la nature de ses sentiments. Même quand il se croit guéri, il ne peut aller de l'avant. Tout le ramène à Julie : qu'il ne s'en aille que dans le Valais ou qu'il fasse le tour du monde, lorsqu'il revient, son premier mouvement est de reprendre contact avec ceux qu'il connait à Clarens.

Malgré sa position souvent délicate, Saint-Preux peut se prévaloir d'avoir un certain nombre d'alliés : Julie bien sûr, mais aussi Bomston, qui devient son ami après leur duel raté, la baronne d'Étange, qui soutient leur relation malgré l'opposition du baron, et Claire, qui voit bien que Julie ne peut être heureuse tant qu'elle est éloignée de lui.

CLAIRE

Claire est la cousine inséparable de Julie. C'est une jeune fille elle aussi douce et aimable, mais moins aventureuse que son amie. Elle s'alarme ainsi régulièrement de la passion qu'éprouve sa cousine et s'ingénie à l'aider pour que cette relation interdite ne cause pas sa perte. Au cours de la première partie du récit, elle épouse M. d'Orbe mais est déjà veuve au retour de Saint-Preux plusieurs années après. Même si elle s'en défend, elle finit par avouer avoir été amoureuse de Saint-Preux, et peut-être l'être encore. Par fidélité envers Julie, elle refuse cependant de l'épouser.

Claire incarne, a contrario de Julie, une forme de raison. Elle est persuadée dès le départ que la relation de Julie et Saint-Preux ne mènera nulle part, compte tenu des préjugés du baron sur leur différence de classe sociale. Elle voit également clair dans les actions de Wolmar, et dans les sentiments de Julie dont elle sait qu'ils ne se sont jamais totalement effacés.

MILORD ÉDOUARD BOMSTON

Bomston est un Anglais que Saint-Preux a rencontré en voyageant. Il intervient dans la première partie, alors qu'il va rendre visite à son ami. Il incarne celui qui a déjà voyagé, vante la musique italienne, promeut la liberté à l'œuvre en Angleterre et que Julie et Saint-Preux n'ont pas chez eux. C'est un homme d'honneur, qui fait passer l'intérêt des autres avant le sien. En témoignent son soin à renoncer de lui-même au duel afin que Saint-Preux et Julie ne soient pas déshonorés d'emblée, puis son insistance à défendre Saint-Preux devant le baron.

Quand le départ de Saint-Preux est acté, Bomston l'accompagne, devenu un ami fidèle et indéfectible. Observant le malheur dans lequel son ami est tombé, il tente de faire fuir les amants en Angleterre où ils pourraient se marier – ce que Julie refuse. Quand le mariage avec Wolmar est conclu, c'est aussi lui qui envoie Saint-Preux à l'étranger pour lui éviter le suicide. Plusieurs années plus tard, c'est l'inverse qui se produit : c'est Bomston qui se retrouve dans une situation fâcheuse, et Saint-Preux qui part avec lui en Italie. Seul pendant une grande partie du récit, Bomston hésite entre deux femmes : une aristocrate d'un côté, et sa jeune maitresse de l'autre. La seconde entre au couvent, ce qui lui laisse le loisir d'épouser la première.

M. DE WOLMAR

M. de Wolmar est un ami et compagnon d'armes du baron d'Étange. Il l'a sauvé de la mort, raison pour laquelle le baron lui propose la main de sa fille. Il semble pourtant que Wolmar soit clairvoyant sur ce qu'il se passe dans les cœurs de Julie et Saint-Preux. Il entend et accepte en effet la confession de Julie mais, avant cela, l'a épousée sans passion, pour éviter qu'elle se déshonore. Quand Saint-Preux revient, Wolmar croit effectivement que leur passion n'a plus cours. Il entreprend ainsi de donner une place au précepteur dans la vie de sa famille, tout en favorisant une entrevue entre Julie et Saint-Preux pour qu'ils aient une chance de guérir de leur passion réciproque.

Il s'emploie également à montrer l'équilibre dans lequel sa vie avec Julie s'est construite. Les différences entre son épouse et lui se creusent néanmoins avec les années. Sur le plan religieux, elle est conquise par la chrétienté tandis que lui reste athée ; il est satisfait par leur bonheur en autarcie, alors que Julie doit se réfugier dans la religion pour trouver un peu de plénitude. Sans doute n'a-t-il jamais vraiment été dupe des sentiments que Julie avait encore pour Saint-Preux, sentiments que Julie couchera sur le papier peu avant sa mort.

LE BARON ET LA BARONNE D'ÉTANGE

Les parents de Julie sont des nobles aisés qui vivent au bord du lac Léman. Le baron est un ancien mercenaire – c'est pendant sa carrière qu'il a rencontré M. de Wolmar – au caractère impétueux et qui s'énerve facilement. Il a de grands préjugés qui l'empêchent d'envisager toute union entre sa fille et un homme d'une classe sociale inférieure. Dès qu'on tente de s'y opposer, il est capable d'entrer dans des colères noires. Bomston et Julie en seront des victimes : l'un pour avoir osé proposer d'établir Saint-Preux pour qu'il fasse un mari convenable, l'autre pour s'être compromise. En revanche, il sait admettre qu'il va trop loin : cela se voit surtout dans les regrets qu'il témoigne après avoir provoqué la chute de Julie fatale à son bébé.

La baronne d'Étange, plus discrète, comprend vite qu'une relation unit Saint-Preux et sa fille. Elle finit même par découvrir leurs lettres pendant le séjour parisien du précepteur. Elle n'en dira pourtant rien et est présentée comme une alliée des amants, dans le sens où elle essaie de les défendre face à son mari. Elle décède de maladie peu après la découverte de la correspondance, provoquant à tort la culpabilité de Julie.

CLÉS DE LECTURE

LE GENRE PARTICULIER DU ROMAN

La Nouvelle Héloïse est traditionnellement étiqueté comme un roman épistolaire. Il en respecte en tout cas la forme : comme ses prédécesseurs, il se compose d'une correspondance entre plusieurs personnages – le plus souvent Julie et Saint-Preux, mais aussi Claire ou Bomston. Le lecteur est ainsi intime avec les personnages et connait des secrets que seuls certains d'entre eux partagent. Le caractère scandaleux des lettres s'est déjà vu, ne serait-ce que par la correspondance d'Abélard et Héloïse, et se reverra encore, notamment dans *Les liaisons dangereuses* (1782).

Réduire le roman à ce seul genre serait toutefois occulter toute la densité de l'œuvre de Rousseau. S'y mêlent plusieurs genres, influences, voire préfigurations :

- Rousseau, à travers ses personnages, s'étend longuement sur une théorie philosophique opposant la raison et les sentiments. Saint-Preux et Julie se posent souvent ce type de questions : « [...] la philosophie serait-elle assez vaine ou assez cruelle pour n'offrir d'autre moyen d'user modérément des choses qui plaisent que de s'en priver tout à fait ? » (p. 198) La raison priverait donc l'individu de jouir des plaisirs de la vie, là où assumer leurs sentiments, même sans les vivre, leur apporterait une forme de sérénité ;

- Le roman sensible peut être perçu par l'attendrissement et le pathétique que l'on discerne régulièrement dans la manière dont Julie et Saint-Preux s'expriment. Ils se plaignent beaucoup de l'impossibilité de vivre leur amour, des obstacles qui se dressent, des émotions négatives qu'ils perçoivent chez l'autre... A contrario, leurs nombreuses déclarations d'amour suscitent la sympathie pour leur histoire ;

- Rousseau fait également partie des auteurs classés dans le préromantisme – alors une sensibilité imprégnant les arts plus qu'un véritable mouvement. La place de l'amour et des sentiments, la mélancolie éprouvée par Julie et Saint-Preux, tout cela participe d'une sensibilité romantique qui trouve son apogée dans certaines lettres. L'amour et le désespoir y prennent une telle place que le style devient soit lyrique, soit haletant : « Oh ! si tu savais ce que l'insensé m'ose proposer !... et de quel ton !... M'enfuir ! le suivre ! m'enlever !... Le malheureux !... » (p. 149) ;

- Un peu d'histoire vient enfin se mêler à l'intrigue : quand Bomston veut éloigner Saint-Preux à la fin de la troisième partie du récit, il lui propose d'intégrer une expédition militaire sous forme de tour du monde connue comme le « voyage du Commodore Anson », initiée en 1740. Le précepteur, parti à Portsmouth, décrit ainsi les préparatifs. Le but est de capturer le Galion de Manille (navire de marchandises espagnol), mais la majeure partie de l'équipage périt. Rousseau, de son côté, utilise ce voyage pour exprimer à travers les mots de Saint-Preux la cruauté de la guerre et les caractéristiques des étrangers.

La Nouvelle Héloïse ne se limite donc pas à un simple roman épistolaire mais réunit plusieurs genres et styles différents, ce qui n'est pas étranger à la grande densité de l'œuvre.

LA PEINTURE DE LA PASSION AMOUREUSE

Outre un roman épistolaire, philosophique, sensible et préromantique, *La Nouvelle Héloïse* est aussi un roman d'amour. Il ne s'agit pas ici d'un amour raisonnable, modéré, mais d'une passion qui emporte tout et enferme les personnages dans un passé qu'ils ne parviennent pas à quitter. Être tombé amoureux de la Julie enfant n'empêche pas Saint-Preux d'aimer l'adulte qu'il découvre en revenant de son périple. Cette passion les pousse aux folies les plus extrêmes, au mensonge, à la dissimulation, aux plans les plus insensés : enlèvement, mariage à l'étranger à l'encontre de la pression parentale...

Elle affecte également leurs émotions, voire leur santé : il leur arrive de parler de suicide ou de tomber malades. Comble du lien qui les unit, Julie transmet même à Saint-Preux la petite vérole, dont il ne guérit selon lui que parce que c'est par l'amour qu'il a eu cette maladie.

Rien ne leur est épargné, et ce dès la première lettre, où Saint-Preux avoue ses sentiments encore calmement mais sans volonté de les retenir plus longtemps. La première partie n'a pas encore vu arriver le mariage de Julie avec Wolmar – qui n'est encore qu'une promesse de fiançailles et est célébré dans la troisième partie – et Julie et Saint-Preux, tant qu'ils ne sont pas découverts, laissent libre cours à l'expression de leurs émotions. Motif commun de la passion, le feu est évidemment employé lors de ces épanchements : « Cependant je languis et me consume ; le feu coule dans mes veines ; rien ne saurait l'éteindre ni le calmer et je l'irrite en voulant le contraindre. » (p. 104) Saint-Preux ne peut être plus exact dans la description de sa situation qui en rappelle d'autres – Phèdre par exemple, référence de la passion impossible, étant amoureuse de son beau-fils.

Les autres personnages tentent de leur côté de trouver une solution à la passion comme s'il s'agissait d'une maladie à guérir. Ainsi Claire déclare-t-elle à Julie qu'elle « commence à compter aussi sur [sa] raison : [elle] regarde à présent [sa] guérison sinon comme parfaite, au moins comme facile [...] » (p. 496). Comme souvent, la raison est invoquée comme contrepoids de la passion. Elle ne suffira jamais à guérir tant Julie que Saint-Preux : aussi salvatrice puisse-t-elle être, elle n'a aucune force face à la passion des protagonistes. Aborder de tels tourments avec modération est vain : la passion qu'éprouvent Julie et Saint-Preux ne saurait être circonscrite. Ils n'en guérissent pas totalement et cela les prive de réellement passer à autre chose : Saint-Preux refuse d'épouser une autre femme, et Julie aimera Saint-Preux jusqu'à la fin.

L'INSPIRATION ET LA RÉCEPTION DE L'ŒUVRE

La source moyenâgeuse : Abélard et Héloïse

Le titre actuel de l'œuvre, *Julie ou La Nouvelle Héloïse*, renvoie directement à une légende datant du XIIe siècle : celle des amants Abélard et Héloïse.

LE SAVIEZ-VOUS ?

Pierre Abélard et Héloïse sont deux personnes ayant réellement vécu au Moyen Âge. Lui a la trentaine quand il redevient écolâtre – nom donné au maitre d'école monastique – dans le quartier de Paris où étudie Héloïse. Cette dernière est déjà une figure importante : bien qu'issue d'une union illégitime, elle a suivi un cursus normalement réservé aux hommes, connait plusieurs langues et auteurs littéraires. Débute alors une liaison passionnée et destructrice, qui prend fin lorsque les amants sont surpris par l'oncle d'Héloïse et que la jeune femme révèle sa grossesse.

Héloïse est abritée dans la famille d'Abélard où elle met au monde un fils, Astralabe, lui-même devenu moine. Le mariage d'Abélard et Héloïse est ensuite célébré en secret pour préserver le statut de l'enseignant, mais l'oncle d'Héloïse rend la chose publique. Il fait également émasculer Abélard par pure vengeance. Héloïse, entretemps réfugiée au couvent d'Argenteuil, prend le voile peu après. Elle mène alors une vie très religieuse, au cours de laquelle elle fait secrètement transférer au Paraclet, couvent fondé par Abélard, le corps de son mari décédé en 1142. À sa propre mort, elle est enterrée au même endroit. Le couple repose au Père-Lachaise depuis le XIXe siècle.

La référence est très claire, d'autant plus quand on considère les titres des œuvres s'y rapportant : la correspondance d'Abélard et Héloïse est publiée sous le titre *Lettres des deux amants*, alors que Rousseau intitule d'abord son œuvre *Lettres de deux amants habitants d'une petite ville au pied des Alpes*. Elles sont dites « recueillies et rassemblées » (p. 5) par l'auteur, ce qui accentue l'impression d'authenticité.

La relation enseignant-élève et l'interdit de la relation sont bien présents. Saint-Preux lui-même fait clairement allusion à Abélard dès la première partie, quand il explique que Julie et lui ont lu leurs lettres et jugé leur comportement : « J'ai toujours plaint Héloïse ; elle avait un cœur fait pour aimer : mais Abélard ne m'a jamais paru qu'un misérable digne de son sort, et connaissant aussi peu l'amour que la vertu. Après l'avoir jugé, faudra-t-il que je l'imite ? » (p. 139) Les deux unions connaissent des fins malheureuses : les sentiments naturels, si chers à Saint-Preux et Julie, ne font pas le poids face au jugement de la société.

Un roman qui a marqué son époque

La Nouvelle Héloïse a connu une publication chahutée : Rousseau a tant et tant discuté les détails avec son éditeur qu'une édition pirate a paru avant la leur. Dès février 1761, date de la publication de la version légitime, le roman se vend si bien qu'une réédition est aussitôt mise en route. Rousseau s'en désavoue parce qu'il ne supporte pas qu'on rende Julie plus bigote qu'elle ne l'est déjà, mais il n'en a pas besoin pour que le succès de son œuvre soit assuré. Le roman est réimprimé dans les grandes villes de France et même à l'étranger : avant 1800, pas moins de 72 éditions circulent, faisant de *La Nouvelle Héloïse* l'une des meilleures ventes du siècle.

Le public se passionne pour cette œuvre qui éveille les sens. La critique, en revanche, se montre plus circonspecte sur une œuvre qui rompt avec les traditions : « elle se rabat sur les règles violées, dénigre les mœurs, la psychologie, les caractères, tantôt trop complexes et tantôt pas assez, les réflexions philosophiques ou religieuses [...]. » (TROUSSON R., *Quand on lisait La Nouvelle Héloïse* [en ligne], Bruxelles, Académie royale de langue et de littérature françaises de Belgique, 1988)

On reproche au roman ses invraisemblances – comment Wolmar peut-il accueillir Saint-Preux

aussi aisément en sachant de quoi il en retourne ?
– et ses entorses à la vertu. Voltaire (écrivain
français, 1694-1778) surtout est extrêmement
critique et ne se prive pas de le faire savoir en des
termes parfois crus : Julie est comparée à une
catin, et Saint-Preux à un précepteur qui séduit
son élève pour avoir ses gages.

Rousseau trouve quelques défenseurs parmi les
critiques, mais les avis sont globalement mitigés.
Le public dévore par contre les lettres enflam-
mées des amants, au point que les libraires sont
obligés de louer les livres à la journée et même à
l'heure. L'exaltation des personnages touche les
lecteurs au cœur, elle enseigne une compatibilité
difficile mais possible entre la vertu et la passion,
un bonheur accessible malgré les obstacles. En
écrivant ce livre, Rousseau s'est fait le héraut
des âmes sensibles aux pensées romantiques qui
ne trouveront leur propre courant qu'au siècle
suivant.

PISTES DE RÉFLEXION

QUELQUES QUESTIONS POUR APPROFONDIR SA RÉFLEXION...

- Quels éléments permettent d'établir la filiation entre *La Nouvelle Héloïse* et sa célèbre inspiratrice du Moyen Âge ?
- Rousseau s'inscrit-il dans la tradition littéraire et romanesque de son époque ou rompt-il avec elle ? Dans quel sens ?
- Bien que rivaux au moins un temps de Saint-Preux, Bomston et Wolmar sont-ils considérés comme des personnages négatifs ? Qu'est-ce qui permet de l'affirmer ?
- Comment Julie essaie-t-elle de combattre sa passion pour Saint-Preux ? Est-ce vraiment efficace ?
- Le tableau de la vie familiale dépeint par Wolmar à Saint-Preux a des apparences idylliques. La famille vit dans une aisance modérée et sereine, de façon honnête, ce qui serait la clé du bonheur. À votre avis, ces principes concourent-ils effectivement à rendre les pro-

tagonistes heureux ? Expliquez votre réponse.

- En quoi les jugements portés sur l'œuvre à l'époque de sa publication reflètent-ils la diversité des opinions tant des lecteurs que des critiques littéraires ?
- Rousseau est un auteur mais aussi un philosophe. Comment cela se ressent-il dans *La Nouvelle Héloïse* ?
- Quel rôle occupe Claire dans la relation entre Julie et Saint-Preux ? Illustrez votre réponse.
- Quels enseignements essentiels peuvent être tirés du roman ? Rousseau les explore-t-il également dans d'autres œuvres ? Si oui, lesquelles ?

Votre avis nous intéresse !
Laissez un commentaire sur le site de votre librairie en ligne
et partagez vos coups de cœur sur les réseaux sociaux !

POUR ALLER PLUS LOIN

ÉDITION DE RÉFÉRENCE

- ROUSSEAU J.-J., *La Nouvelle Héloïse*, Paris, Le Livre de Poche, 2002.

ÉTUDE DE RÉFÉRENCE

- TROUSSON R., *Quand on lisait La Nouvelle Héloïse* [en ligne], Bruxelles, Académie royale de langue et de littérature françaises de Belgique, 1988, consulté le 1er novembre 2018, http://www.arllfb.be/ebibliotheque/communications/trousson140588.pdf.

ADAPTATIONS

Le tricentenaire de la naissance de Rousseau, en 2012, a vu éclore plusieurs adaptations de *La Nouvelle Héloïse* en hommage à l'auteur. Parmi elles, citons :

- *Ma Nouvelle Héloïse*, film de Francis Reusser avec Edmond Vullioud (Daniel Servais) et Mali Van Valenberg (Marie). Il s'agit d'une adaptation très libre, où Servais est un réalisateur qui fait réciter des passages de l'œuvre face caméra à de jeunes comédiens dont Marie fait partie. Leur liaison prend place dans un cadre supposé rappeler la passion des protagonistes.

- *Julie ou La Nouvelle Héloïse*, mise en scène théâtrale de Philippe Lüscher, avec Jessica Kraatz (Julie), Sébastien Deront (Saint-Preux) et Léonie Keller (Claire). Cette adaptation se veut fidèle en tous points à l'œuvre originale, puisque le texte – sont utilisés les passages les plus utiles à l'avancée de l'intrigue – est respecté au mot près.

SUR LEPETITLITTÉRAIRE.FR

- Fiche de lecture sur *Les Confessions* de Jean-Jacques Rousseau.
- Fiche de lecture sur *Profession de foi du vicaire savoyard* de Jean-Jacques Rousseau.
- Fiche de lecture sur *Émile ou De l'éducation* de Jean-Jacques Rousseau.
- Fiche de lecture sur *Du contrat social* de Jean-Jacques Rousseau.
- Fiche de lecture sur *Les Rêveries du promeneur solitaire* de Jean-Jacques Rousseau.

Retrouvez notre offre complète sur lePetitLittéraire.fr

- des fiches de lectures
- des commentaires littéraires
- des questionnaires de lecture
- des résumés

ANOUILH
- Antigone

AUSTEN
- Orgueil et Préjugés

BALZAC
- Eugénie Grandet
- Le Père Goriot
- Illusions perdues

BARJAVEL
- La Nuit des temps

BEAUMARCHAIS
- Le Mariage de Figaro

BECKETT
- En attendant Godot

BRETON
- Nadja

CAMUS
- La Peste
- Les Justes
- L'Étranger

CARRÈRE
- Limonov

CÉLINE
- Voyage au bout de la nuit

CERVANTÈS
- Don Quichotte de la Manche

CHATEAUBRIAND
- Mémoires d'outre-tombe

CHODERLOS DE LACLOS
- Les Liaisons dangereuses

CHRÉTIEN DE TROYES
- Yvain ou le Chevalier au lion

CHRISTIE
- Dix Petits Nègres

CLAUDEL
- La Petite Fille de Monsieur Linh
- Le Rapport de Brodeck

COELHO
- L'Alchimiste

CONAN DOYLE
- Le Chien des Baskerville

DAI SIJIE
- Balzac et la Petite Tailleuse chinoise

DE GAULLE
- Mémoires de guerre III. Le Salut. 1944-1946

DE VIGAN
- No et moi

DICKER
- La Vérité sur l'affaire Harry Quebert

DIDEROT
- Supplément au Voyage de Bougainville

DUMAS
- Les Trois
  Mousquetaires

ÉNARD
- Parlez-leur
  de batailles,
  de rois et
  d'éléphants

FERRARI
- Le Sermon sur la
  chute de Rome

FLAUBERT
- Madame Bovary

FRANK
- Journal
  d'Anne Frank

FRED VARGAS
- Pars vite et
  reviens tard

GARY
- La Vie devant soi

GAUDÉ
- La Mort du
  roi Tsongor
- Le Soleil des
  Scorta

GAUTIER
- La Morte
  amoureuse
- Le Capitaine
  Fracasse

GAVALDA
- 35 kilos d'espoir

GIDE
- Les
  Faux-Monnayeurs

GIONO
- Le Grand
  Troupeau
- Le Hussard
  sur le toit

GIRAUDOUX
- La guerre de
  Troie
  n'aura pas lieu

GOLDING
- Sa Majesté des
  Mouches

GRIMBERT
- Un secret

HEMINGWAY
- Le Vieil Homme
  et la Mer

HESSEL
- Indignez-vous !

HOMÈRE
- L'Odyssée

HUGO
- Le Dernier Jour
  d'un condamné
- Les Misérables
- Notre-Dame
  de Paris

HUXLEY
- Le Meilleur
  des mondes

IONESCO
- Rhinocéros
- La Cantatrice
  chauve

JARY
- Ubu roi

JENNI
- L'Art français
  de la guerre

JOFFO
- Un sac de billes

KAFKA
- La Métamorphose

KEROUAC
- Sur la route

KESSEL
- Le Lion

LARSSON
- Millenium I. Les
  hommes qui
  n'aimaient pas
  les femmes

LE CLÉZIO
- Mondo

LEVI
- Si c'est un
  homme

LEVY
- Et si c'était vrai…

MAALOUF
- Léon l'Africain

MALRAUX
- La Condition humaine

MARIVAUX
- La Double Inconstance
- Le Jeu de l'amour et du hasard

MARTINEZ
- Du domaine des murmures

MAUPASSANT
- Boule de suif
- Le Horla
- Une vie

MAURIAC
- Le Nœud de vipères

MAURIAC
- Le Sagouin

MÉRIMÉE
- Tamango
- Colomba

MERLE
- La mort est mon métier

MOLIÈRE
- Le Misanthrope
- L'Avare
- Le Bourgeois gentilhomme

MONTAIGNE
- Essais

MORPURGO
- Le Roi Arthur

MUSSET
- Lorenzaccio

MUSSO
- Que serais-je sans toi ?

NOTHOMB
- Stupeur et Tremblements

ORWELL
- La Ferme des animaux
- 1984

PAGNOL
- La Gloire de mon père

PANCOL
- Les Yeux jaunes des crocodiles

PASCAL
- Pensées

PENNAC
- Au bonheur des ogres

POE
- La Chute de la maison Usher

PROUST
- Du côté de chez Swann

QUENEAU
- Zazie dans le métro

QUIGNARD
- Tous les matins du monde

RABELAIS
- Gargantua

RACINE
- Andromaque
- Britannicus
- Phèdre

ROUSSEAU
- Confessions

ROSTAND
- Cyrano de Bergerac

ROWLING
- Harry Potter à l'école des sorciers

SAINT-EXUPÉRY
- Le Petit Prince
- Vol de nuit

SARTRE
- Huis clos
- La Nausée
- Les Mouches

SCHLINK
- Le Liseur

SCHMITT
- La Part de l'autre
- Oscar et la
  Dame rose

SEPULVEDA
- Le Vieux qui
  lisait des romans
  d'amour

SHAKESPEARE
- Roméo et Juliette

SIMENON
- Le Chien jaune

STEEMAN
- L'Assassin
  habite au 21

STEINBECK
- Des souris et
  des hommes

STENDHAL
- Le Rouge et
  le Noir

STEVENSON
- L'Île au trésor

SÜSKIND
- Le Parfum

TOLSTOÏ
- Anna Karénine

TOURNIER
- Vendredi ou
  la Vie sauvage

TOUSSAINT
- Fuir

UHLMAN
- L'Ami retrouvé

VERNE
- Le Tour
  du monde
  en 80 jours
- Vingt mille
  lieues sous
  les mers
- Voyage au
  centre de
  la terre

VIAN
- L'Écume des jours

VOLTAIRE
- Candide

WELLS
- La Guerre des
  mondes

YOURCENAR
- Mémoires
  d'Hadrien

ZOLA
- Au bonheur
  des dames
- L'Assommoir
- Germinal

ZWEIG
- Le Joueur
  d'échecs

ISBN version numérique : 9782808015134
ISBN version papier : 9782808015141
Dépôt légal : D/2018/12603/517

Conception numérique : Primento,
le partenaire numérique des éditeurs.

Ce titre a été réalisé avec le soutien de la Fédération Wallonie-Bruxelles, Service général des Lettres et du Livre.